Isabella Archan

GIPFELKREUZ
und Brezeltod

KRIMI

Diesmal nach Österreich, in die Berge.

Sie haben sich tatsächlich ein Fünf-Sterne-Hotel geleistet. Geht es noch besser? Nein!

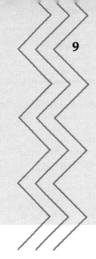

Es ist der erste Urlaubsmorgen – wunderbar, wie der erste Kuss – und Sie kommen gerade vom Frühstücksbuffet. À la carte, versteht sich.

Gott, war das lecker: Viermal haben Sie Nachschlag geholt.

Semmeln, Brezel, Kipferl, Butter, Marmelade, Honig, Schinken, Käse, Liptauer Aufstrich, Würstchen im Schlafrock, Rührei mit Lachs, Rührei mit Speck, Buchteln – und dazu eine große Kanne von diesem extra starken österreichischen Kaffee.

Bei jeder Tasse haben Sie sich von der Kellnerin noch ein Sahnehäubchen – sprich: ein Schlagobershauberl – drüber geben lassen. Und am Ende ist der Küchenchef erschienen und hat tatsächlich als Krönung einen frischen Kaiserschmarrn für alle serviert.

Jetzt sind Sie aber auch vollkommen vollgefressen und haben, wie man in Österreich sagt, eine richtige Wampn. Jedoch kein Problem, denn heute Vormittag werden Sie direkt mit Ihrem Urlaubssportprogramm beginnen.

Sie haben vor, auf einen der prachtvollen Berge zu wandern, die das Hotel umgeben. Dann, am Gipfelkreuz, werden Sie ein Selfie machen, inklusive der phantastischen Aussicht. Ein Selfie, das Ihre Familie, Ihre Freunde, Ihre Kollegen und all Ihre Follower in den sozialen Netzwerken vor Neid erblassen lassen wird.

Sie sind dafür bereits perfekt gekleidet. Sie tragen ein T-Shirt mit der Aufschrift:

eine Khaki-Wandershort und dazu offene Wandersandalen mit den klassischen weißen Socken darunter.

Alpen-Gipfel, nehmt euch in Acht.

Aber bevor es losgeht, sind Sie unterwegs zur Liegewiese und dem hoteleigenen Swimmingpool. Mit einem Handtuch über der Schulter. Sie werden zwar erst in einigen Stunden von Ihrer Wanderung zurück sein, doch es ist immer richtig und wichtig, rechtzeitig seine Pfründe zu sichern – oder?

> »Griaß di«

ruft Jemand.

Sie drehen den Kopf. An Ihnen vorbei joggt ein gut gebauter, junger Mann, nur mit Turnschuhen und einer roten Badehose bekleidet. Und den kennen Sie doch. Er hatte sich als Ansprechpartner für die Hotelgäste und als Bergführer vorgestellt. Heute gibt er vielleicht später noch den Bademeister, wer weiß. Tja, ein wenig Baywatch auf der Alm wäre nicht schlecht.

Schon haben Sie die Liegewiese erreicht und stutzen. Hoppla, was ist das?

Kein Mensch am Swimmingpool, aber alle Liegen sind bereits mit fremden Handtüchern belegt.

Das ist ja wohl eine Frechheit!

Doch da, ganz vorne am Beckenrand, ist eines dieser illegalen Handtücher halb von der Liege gerutscht. Mit einem zufälligen Schups von einem zufälligen Knie könnte es ganz zu Boden gleiten, und dann wäre diese eine Liege quasi wieder frei.

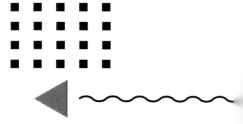

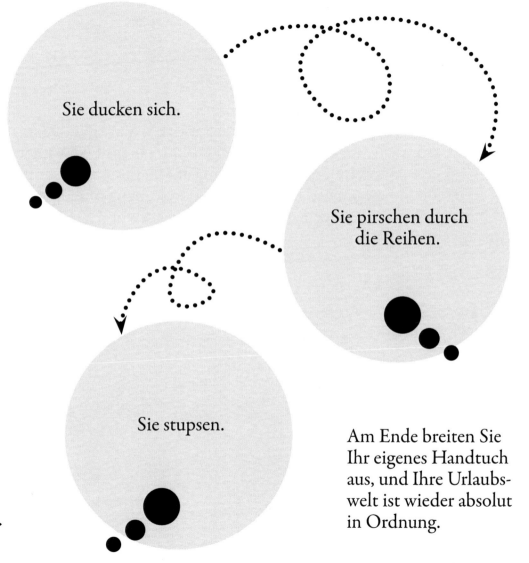

Sie ducken sich.

Sie pirschen durch die Reihen.

Sie stupsen.

Am Ende breiten Sie Ihr eigenes Handtuch aus, und Ihre Urlaubswelt ist wieder absolut in Ordnung.

»Hearst, du!«

Jetzt ertönt es von der anderen Seite her. Dort steht nun eine Frau. Eine Frau mit einer hochtoupierten Frisur, die Sie ein wenig an die Braut von Frankenstein erinnert. Sie trägt einen Badeanzug in Längsstreifen: Rot-Weiß-Rot – wie die Flagge von Österreich.

Auch ist sie nicht allein. Neben ihr sitzt ein Hund, ein ziemlich großer Hund, ein riesiger Hund. Einer von der Sorte der Hunde von Baskerville, der hechelt und sabbert.

»Was machst du denn da mit meinem Handtuch?«

Die Frau hat die Hände in die Hüften gestemmt.

»Das is meine Liege, verstehst?«

Wie bitte?

Ihnen schießen sofort einige Anmerkungen zu dieser unfreundlichen Ansprache durch den Kopf.

Erstens mögen Sie es nicht, von einer fremden Person direkt geduzt zu werden, zweitens gehört hier niemandem irgendeine Liege. Und drittens, wenn Sie sich richtig erinnern, sind Hunde am hoteleigenen Swimmingpool überhaupt nicht erlaubt.

Sie holen Luft für eine saftige Erwiderung.
In dem Moment geschehen zwei Dinge gleichzeitig.

Nummer eins: Der große Hund schüttelt seinen Kopf und wirft seine Spucke in die Gegend. Ein Tröpfchen landet genau auf Ihrem rechten Zeh und dem blütenweißen Stoff Ihres Sockens.

Nummer zwei: Der Blick der Frau wandert einmal Ihren Körper rauf und runter und bleibt an Ihrer Leibesmitte hängen.

Sie beginnt gehässig zu lachen.

»Hahaha. Besser wär's, du tät's ein wenig Sport machen. Die Liege hält dich doch gar nicht aus! Ha, ha, ha.«

Kennen Sie den Ausdruck: Jemandem reißt die Hutschnur?

Also, Ihnen reißt jetzt die Hutschnur, und spontan bücken Sie sich, heben das Handtuch der fremden Frau wieder vom Boden hoch und schleudern es nach hinten – in den Swimmingpool.

Oje! Ein Fehler!
Denn in Wahrheit ist die Frau
eine Stange Dynamit, deren
Zündschnur nur auf einen
Funken gewartet hat.

Das Gesicht der Frau läuft purpurrot an, einzelne Haare ihrer hochtoupierten Frisur gehen gegen die Schwerkraft nach oben, und ihre Finger ballen sich zu Fäusten.

»Was hast du g'sagt, du Estragonscheißer? Du anbrunste Miachn, du Deliriumwanzn, DU!«

Solche Schimpfwörter haben Sie noch nie in Ihrem Leben gehört und werden diese später googeln müssen.

Weit entfernt sehen Sie den jungen Mann mit der roten Badehose vorbeilaufen. Sie winken wild nach ihm, dass er herkommen soll. Doch inzwischen eskaliert die Situation. Die Frau bewegt sich wie eine Dampfwalze auf Sie zu, und der riesige Hund setzt zum Sprung an.

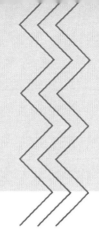

Sie müssen einfach nach hinten ausweichen. Ein Schritt, noch ein Schritt, und dann haben Sie keinen Boden mehr unter den Füßen und stürzen rücklings in den Swimmingpool. Das Wasser schlägt über Ihren Kopf zusammen.

Jetzt erinnern Sie sich bitte an das À-la-carte-Frühstücksbuffet. Die Semmeln, die Kipferl, die Brezel, die Rühreier, den Schinken, den Käs, den Speck und vor allem an den Kaiserschmarrn.

Das alles liegt wie Wackersteine in Ihrem Bauch und zieht Sie in die Tiefe.

Schon schreien Ihre Lungen nach Luft. Sie stoßen sich noch mit den Zehen am Boden des Pools ab, machen noch eine Schwimmbewegung nach oben, doch da ist das Handtuch der fremden Frau. Es legt sich schwer über Ihren Kopf und hält Sie gnadenlos unter Wasser.

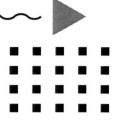

Oh mein Gott, wird Ihr Urlaub jetzt und hier schon enden, am ersten Morgen? Obwohl Sie zwei Wochen voraus pauschal bezahlt haben? Stopp! Bitte keine Panik!

Sie werden gerettet. Diese Geschichte hat ein Happy End. Sie sind nicht die Wasserleiche in einem Kriminalroman, nein.

Denn als nächstes fassen Sie kräftige Arme unter den Achseln, ziehen Sie zur Seite, drücken Sie nach oben und hieven Sie über den Rand des Swimmingpools. Sie spucken Wasser aus, dann bleiben Sie erschöpft und mit geschlossenen Augen liegen.

Ein großer Schatten taucht über Ihnen auf. Dazu werden Ihre Lippen sanft berührt. Ach, das kann jetzt nur der gut gebaute, junge Mann in der roten Badehose sein. Der Ansprechpartner für die Hotelgäste, der Bergführer und, wie es scheint, heute ebenso der Bademeister, der Sie beatmen möchte. Final gibt's also doch noch ein bisserl Baywatch auf der Alm – als Entschädigung.

Die Berührung auf Ihren Lippen wird intensiver und feuchter. Nicht nur Ihre Lippen, auch Ihre Stirn und Ihre Wangen werden abgeschlabbert.

Was? Sie reißen die Augen auf.

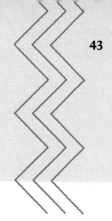

Über Ihnen ist der riesige Kopf des riesigen Hundes, der Sie mit seiner riesigen rosa Zunge enthusiastisch abschleckt.

Sie würden nun so gerne sagen, dass Hunde am Swimmingpool überhaupt nicht erlaubt sind, aber Sie wagen es nicht den Mund zu öffnen. Stattdessen drehen Sie die Augen nach hinten. Ihr Blick geht in die Höhe, fällt auf die traumhafte Bergkulisse.

Und ja! Immerhin! Das wird noch großartige Selfies geben!

***

Glossar
Schlagobers – Schlagsahne
Wampn – Bauch
Hearst – Hör mal, Hallo
Estragonscheißer, anbrunste
Miachn, Deliriumwanzn –
bitte googeln :-)

Bibliografische Information der Deutschen Nationalbibliothek: Die Deutsche Nationalbibliothek verzeichnet diese Publikation in der Deutschen Nationalbibliografie; detaillierte bibliografische Daten sind im Internet über dnb.dnb.de abrufbar.

© 2023 PAPERENTO
Verlag Jens Korch
Erzbergerstraße 2, D-09116 Chemnitz
www.paperento.de

Fotos: Kluciar Ivan/Shutterstock.com (Umschlag),
Tarikdiz/Shutterstock.com (17)

Coverentwurf: Florian L. Arnold

Satz/Layout: Paperento

Herstellung: BoD - Books on Demand, Norderstedt

ISBN: 978-3-947409-53-2